PIERRE DE BOUCHAUD

La Pastorale
dans le Tasse

PARIS

ALPHONSE LEMERRE, ÉDITEUR

23-31, PASSAGE CHOISEUL, 23-31

M DCCC XCVII

La Pastorale

dans le Tasse

Conférence prononcée en Sorbonne

le 15 mai 1897.

(Société d'Études italiennes).

La Pastorale dans le Tasse

L'IMPORTANCE de Tasse, dans l'histoire évolutive du génie italien, est capitale. A vrai dire, elle ne se découvre pas au premier coup d'œil, et il est besoin de quelque attention pour la percevoir. Ce grand poète marque une date que l'on chercherait en vain dans un livre d'histoire, de telle sorte qu'on peut émettre hardiment cet axiome : à savoir que le génie italien a commencé de se métamorphoser et a passé de la poésie à la musique à l'époque comprise entre la représentation de l'*Aminta* et la publication de la *Gerusalemme*. Qu'il s'agisse, du reste, du premier ou du second de ces poëmes, si rien n'est plus aisé que de les sentir et de les aimer, rien n'est plus malaisé que de les expliquer et les juger. Définir ce génie tout de nuances et de délicatesse, fixer cette âme mobile, aimable et impressionnable à l'excès, exprimer cette originalité étincelante et fugitive qui se dérobe à chaque instant à l'œil et à l'esprit du lecteur pour échapper à toute tentative de codification ou de jugement, expliquer enfin la suavité de cette poésie et le genre des émotions qu'elle fait naître, voilà, certes, une série de tentatives presque impossibles à réaliser. Le génie de Tasse est, à mon sens, indéfinissable. Ainsi que tous les grands poètes, il faut le prendre comme il est avec ses qualités et ses défauts. Et il arrive cette chose étrange : A la longue, on finit par aimer autant ceux-ci que celles-là, parce que la supériorité intellectuelle du poète s'impose au lecteur et lui enlève la liberté de jugement.

Tout aussi insaisissable que le génie de Tasse est le sentiment que nous éprouvons pour lui. C'est une attirance variable et mobile. On le prend, on le quitte, on revient à lui, on le quitte de nouveau. Il plaît, il lasse, il enchante, il fatigue. Arioste ou Shakespeare s'imposent à nous par la seule puissance de leurs données, jusqu'à nous retenir, toutes affaires cessantes, des heures entières, plongés dans les scènes inoubliables qu'a forgées leur sublime esprit. Tasse, lui, ne fait pas naître de passions aussi violentes, mais pourtant sa poésie est si facile et si douce qu'elle nous saisit dès le premier vers. Sa lecture est un charme continuel, bien qu'elle lasse vite. Je me déclare, pour ma part, totalement incapable de lire l'*Aminta* plus d'une heure de suite, tant l'instrument de mon admiration a de peine à s'accorder au ton un peu mièvre et souvent trop déclamatoire des dialogues de Tircis et de Daphné, étrangement amoureux, par intervalles, de beau langage et d'expressions choisies pour de simples bergers.

Néanmoins, avant de passer à l'analyse et à l'examen du drame pastoral créé par Tasse, je voudrais m'étendre encore un peu sur ce qu'un écrivain a heureusement appelé le charme génial de Torquato.

On a fait bien des suppositions ingénieuses pour donner la raison des malheurs de ce poète. Toutes ont manqué de fondement, et M. Angelo Solerti, dans son intéressant ouvrage : *Vita di Torquato Tasso* *, les a réduites à néant d'une façon définitive. Je ne ferais pas allusion aux infortunes de cette grande âme troublée, si je ne trouvais dans leur objet même une des raisons du talent de Tasse. Cette intelligence déconcertante, cette ondoyante originalité, cette sympathie si facilement éprise et déprise, expliquent bien mieux qu'un amour contrarié et que des intrigues de petite cour, que la dureté d'un protecteur ou la tyrannie d'une inquisition inintelligente et peureuse, cette existence fertile en catastrophes. Mon Dieu ! il est certain que le patronage et la tutelle des d'Este sur les *intellectuels* de leur temps furent toujours irritables, souvent dangereux, parfois même nuisibles. Rappelezvous combien l'Arioste, qui était un homme, lui, eut à s'en plaindre ! Tasse, comme Galilée dans la

---

* Trois vol. in-8°. Turin et Rome, 1895. Ermanno Loescher.

suite, eut la malechance de paraître sur la scène du monde presque cent ans trop tard. Ce poète fut entouré d'envieux, d'espions, de jaloux, d'ennemis nombreux et cachés qui le persécutèrent sourdement. Joignez à ces causes le caractère de Tasse lui-même. La nature et la forme de son imagination, de ses idées, de ses sentiments, devaient forcément le vouer au malheur. Certes! d'autres, et de plus grands, ou tout au moins d'aussi grands que lui, connurent aussi l'infortune. Dante exilé, Cervantès emprisonné, Milton aveugle, isolé, oublié, sont dignes d'estime et de respect. Mais de telles âmes étaient faites, sinon pour souffrir, du moins pour supporter leurs souffrances héroïquement. Chez eux, le courage, la *virtus*, égalaient le génie. Mais Tasse, Tasse, cet être de luxe et de plaisir, cette gaie lumière, ce poète en qui se croisaient le sang des fées napolitaines et celui des vifs pantins bergamasques, cet esprit imaginatif et léger que la vue des gemmes réjouissait et qui sut mieux qu'aucun poète exprimer la douceur des sourires, la caresse des regards et toutes les tendresses du cœur humain, calomnié, persécuté, trahi, enfermé sept ans à l'hôpital Sainte-Anne! Vraiment, le fardeau était supérieur à ses forces, d'autant plus que, malgré sa maëstria, il n'appartenait pas à la race des Preux! Il n'était que la plus étincelante, la plus séduisante, la plus noble manifestation de cet esprit que les savants appellent *élémentaire,* et il fut traité comme s'il était un être surhumain! Mais la sympathie instinctive de la postérité a compris et comprend maintenant de plus en plus qu'on fit à Torquato une infortune plus grande que sa nature. On traqua comme une bête fauve ce charmant rossignol du Parnasse, si doux qu'en toute sa vie il ne sut pas aiguiser une épigramme; spectacle odieux et que les dissertations les plus ingénieuses ne parviendront jamais à justifier.

*
* *

Une autre importance de l'œuvre de Tasse dans l'histoire évolutive du génie italien est celle-ci : Il a, sinon créé, du moins mis au juste point le dernier des genres poétiques enfantés par la Renaissance, celui qui marque le terme de la fécondité de ce grand mouvement intellectuel. Le *genre pastoral*, éclos à la cour de Ferrare d'une pensée de divertissement et parti d'une origine des plus modestes, devait, traité par Tasse avec un immense talent, arriver à la plus haute fortune et obtenir la plus merveilleuse destinée. Grâce à l'*Aminta*, la pastorale allait occuper la place prépondérante en Europe, y devenir le genre dominant et laisser une empreinte indélébile sur tous les autres genres littéraires de l'époque. Où ne retrouve-t-on pas, dans notre pays, le drame pastoral durant les années qui vont de la veille de la Saint-Barthélemy à la fin du règne de Louis XIII ? En Italie, après le *Pastor Fido* de Guarini au sujet duquel il est difficile de dire si l'on est ou non en présence d'une imitation de l'*Aminta,* les drames pastoraux envahirent, inondèrent et dévastèrent le champ de la saine poésie et du bon sens. En 1615, il y en avait déjà quatre-vingts ! Ils excédaient deux cents en 1700 ! L'année 1617 on jouait à Bologne une pièce intitulée : *Les fils d'Aminte et Silvic et de Myrtil et Amaryllis.* Si bien que T. Boccalini, dans ses *Raguagli di Parnaso*,* faisait une sortie virulente contre les imitateurs, Apollon ayant nommé Torquato Tasso grand connétable de la poésie italienne, à l'effet de donner la chasse à tous les poètes plagiaires retirés dans la demeure de l'Imitation d'où, par ordre du Dieu, ils furent arrachés pour être conduits honteusement en prison et se voir condamner : à *troncar una capezza pegasea.*

Une fois sorti de son pays natal, le drame pastoral se développe, grandit, et son ambition croît avec chaque marque de faveur qu'il reçoit dans ses nouvelles patries adoptives. En Espagne, il devient à la mode et s'impose de telle façon à l'imagination de Cervantès que ce grand poète ne dédaigne pas de l'introduire dans son œuvre, au risque de lui faire du tort. En France, il se mêle au drame et à la comédie, leur impose ses travestis et dicte à Honoré d'Urfé le premier modèle du roman français. En Angleterre, où il rencontre des

---

* Milano. Bidelli, 1615.

interprètes de génie, il inspire Spenser, Shakespeare, Ben Jonson, Sidney, Fletcher, Milton, pour ne citer que les plus importants. Le succès du drame pastoral est un des plus rapides qu'il y ait dans l'histoire littéraire. Né en 1554 à Ferrare, avec Agostino Beccari, il se mêle avant la fin du siècle à toutes les manifestations poétiques. Or c'est à Torquato qu'il faut faire remonter la cause de cette fortune du drame pastoral, car c'est lui qui, le premier, donna avec l'*Aminta* le cachet de la perfection à ce genre légèrement artificiel, et le rendit vraiment digne des destinées qu'il avait à remplir. Mais revenons à la pastorale proprement dite.

Jusqu'à Tasse, la poésie pastorale était tombée dans un discrédit à peu près complet. Les premiers hommes, maîtres paisibles d'une terre qui leur offrait en abondance tout ce qui pouvait suffire à leurs besoins et flatter leurs goûts, intéressèrent à leurs sentiments les fleurs, les prairies, les montagnes, les bois, toutes les choses qui les environnaient. Bientôt, après avoir chanté la reconnaissance, ils célébrèrent la tranquillité et le bonheur de leur état. L'*homme heureux* forme précisément le caractère de la poésie pastorale, et il ne fallut qu'un pas pour y arriver. Il y eut donc, avant Théocrite, des chansons pastorales, des descriptions, des récits en vers, des combats poétiques, qui, sans doute, furent célèbres en leur temps. Mais ce n'est guère qu'avec Théocrite que le genre commença de triompher, traité qu'il fut de main de maître. Le *Cyclope*, *Ménalque et Daphnis*, les *Pêcheurs*, sont des chefs-d'œuvre de délicatesse rustique et de goût. D'autre part, Moschus, dans l'*Enlèvement d'Europe,* Bion, dans le *Tombeau d'Adonis,* ajoutèrent à l'Églogue un art qu'elle n'avait point, y mirent plus de finesse, de choix et d'élégance.

Parmi les poètes latins, Virgile est le seul qui ait excellé dans ce genre, bien qu'il imite parfois Théocrite à tel point que ce sont les mêmes sujets, les mêmes termes et très souvent les mêmes pensées qui se retrouvent au cours des entretiens de ses bergers; aussi Horace avait-il peut-être dans l'esprit cette idée quand il formulait ainsi son jugement sur le cygne de Mantoue.

> ... *Molle atque facetum*
> *Virgilio annuerunt gaudentes rure Camœnæ.*

Sous l'empire de Dioclétien, Calpurnius et Nemesianus se distinguèrent par la poésie pastorale. Mais quand on a lu Virgile, on ne trouve pas chez eux ce moelleux qui fait l'âme de l'Églogue. Ils rencontrent de temps en temps de gracieuses images, d'heureux vers, mais ils n'ont rien de cette verve pastorale qui inspire la Muse de Théocrite.

Il était réservé à Tasse de lui donner un nouvel éclat.

Et puisque je parle des *Églogues,* il est bon de s'arrêter sur celles de Torquato. Elles m'ont charmé, je l'avoue, par leur simplicité. A l'exception de la première qui, dédiée à Marguerite d'Este, n'est qu'un dialogue entre trois bergers, Licoris, Tircis et Daphné, pour souhaiter à la duchesse de Ferrare une heureuse postérité, les trois autres se recommandent par leur naturel. Comme chez Théocrite, les Églogues de Tasse se passent invariablement dans un bois ou dans une vaste prairie. A les lire on a vraiment l'impression d'être loin des villes. L'*art* est charmant; rien ne plaît tant à l'esprit que la symétrie et les proportions. Il y a néanmoins des instants où l'esprit aime à s'en débarrasser, à se trouver dans une espèce de désordre, où il voit tout, sans que rien se fasse remarquer. C'est alors qu'il sent proprement la solitude et qu'il en jouit. Torquato a compris admirablement un pareil état d'âme.

Ses *Èglogues* sont d'une lecture fraîche, reposante et charmante. Les sujets que traitent ses bergers roulent presque uniquement sur l'Amour, ses avantages et ses inconvénients. Mais on y trouve un naturel tout à fait exempt des *concetti* de l'*Aminta*, une naïveté piquante, des images choisies, des sentiments doux et tendres, des vers aisés, coulants, harmonieux, mais d'une harmonie semblable aux ruisseaux. Les expressions sont simples, quelquefois riches, toujours vraies. Çà et là des descriptions charmantes égaient le récit, rompent la monotonie du dialogue, récréent la lecture par les frais tableaux qu'elles nous retracent. Oui, en vérité, j'ai pris un vif plaisir à la lecture des *Èglogues* de Tasse. Et je ne veux pas chercher si, quand il les composait, l'auteur était plus ou moins sincère, plus ou moins pénétré du sens de la nature, plus ou moins séduit par le spectacle et la majestueuse solitude des champs et des forêts. Les personnages des *Èglogues* de Tasse ne personnifient point l'âge d'or mis à la portée des hommes. Débarrassé de tout le merveilleux hyperbolique dont ses prédécesseurs en avaient chargé la description, il fait chanter à ses bergers le règne de la liberté, et de plaisirs... point toujours innocents. Mais que faire aux champs, sinon aimer? En vérité, je ne sais si Tasse comprenait vraiment à quel point il était dans la tradition de la poésie pastorale quand il peuplait les retraites rurales de jeunes gens et de jeunes filles aux cœurs naïfs, aux âmes fraîches, et dont les paroles expriment les temps heureux :

> *... Où parmi l'innocence*
> *L'amour sans tyrannie exerçait sa puissance,*
> *Quand le ciel libéral versait à pleines mains*
> *Tout ce dont l'abondance assouvit les humains,*
> *Et que le monde enfant n'avait pour nourriture*
> *Que les mets apprêtés par les mains de nature.*

Le monde enfant, ce n'est point l'impression exacte que laisse la lecture des *Églogues* de notre poète. Mais, ici, je me trouve dans l'embarras dont je parlais plus haut sur la difficulté d'expliquer et de juger Tasse. Il est plus aisé de goûter les *Églogues* que de porter sur elles une appréciation un peu précise. On peut dire néanmoins, sans craindre d'errer, qu'aux tableaux purement rustiques l'auteur a joint des traits d'imagination et de sentiment les plus délicats. A l'exception des lamentations d'un amant dédaigné ou d'une amante trahie, nulle part les pensées sombres n'y apparaissent; les idées graves — quand il y en a! — s'y enveloppent de sourires comme pour ne pas troubler par une note de malencontreuse austérité la vive et molle harmonie du dialogue des personnages mis en scène.

Qu'on en juge :

Tirinte raconte à la nymphe Arezzia son amour pour la jeune Chloris qui n'est point cruelle. La nymphe l'entend avec intérêt et finit par s'exprimer ainsi :

« Écoute-moi, Tirinte ; puisque la belle Chloris, honneur de ces bois, flamme de mille cœurs, dure et *ritrosa* à tout berger qui n'est pas toi, te donne son âme et n'accorde aux autres que ses dédains, la réciprocité de ta foi et ta fidélité doivent la récompenser du grand don qu'elle daigne te faire. »

Et l'entretien se poursuit, aimable et enjoué, entre Tirinte chantant avec transport son cher esclavage et Arezzia lui recommandant de ne jamais cesser d'aimer Chloris. A la fin, Tirinte, pour remercier la nymphe Arezzia des vœux qu'elle forme pour son bonheur et celui de sa chère fiancée, parle en ces termes :

« Que l'importune guerre des pensées tristes ne trouble jamais ta tranquille paix, Arezzia ! Que le ciel te soit toujours serein ! Que la terre te donne ses fruits en abondance. Puissent la gelée ne jamais s'abattre et le tonnerre ne jamais tomber sur tes champs. Que l'air te soit doux et que la rosée inonde sans cesse l'heureuse contrée où tu vis. »

Je ne saurais, bien entendu, analyser et traduire *in-extenso* les *Églogues* de Tasse. Aussi bien la besogne serait-elle fastidieuse et sans intérêt. Je crois utile néanmoins de retenir quelques instants le lecteur sur la troisième et la quatrième de ces idylles aimables. Elles sont, à mon sens, pleines d'images gracieuses, de coquettes allégories et d'espiègles dialogues. Sur une trame ténue le poète a brodé de délicieuses arabesques.

Il est bien chez lui dans ces régions terrestres où le désir du bonheur forme comme l'atmosphère naturelle, l'air respirable de l'âme. Mais remarquons-le bien. Sur les cimes sereines où il fait mouvoir ses personnages, les orages des passions humaines continuent de gronder comme si Tasse ne pouvait éviter de faire passer dans le cœur de ses plus minces héros ce frisson délicieux dont il avait le secret et qui, pareil à un vol d'esprit invisible, anime, élève et enflamme sa Muse.

La *Fête champêtre* met en scène Amaryllis, Leucippe et Tirinte :

Era ne la stagion ridente et lieta,
Stagion d'amore amica,

pendant laquelle la nature se pare de ses plus belles couleurs, au sortir du froid et du gel de l'hiver.

La jeune Amaryllis rencontre sa chère amie Leucippe qui célèbre la douce saison faisant affluer aux cœurs des bergers : *gli amorosi sospiri*. Tout invite à aimer. Et les deux jeunes filles, au lever du jour, marchent dans les prés en fleurs, — comme dans une fresque de Puvis de Chavannes, — en célébrant à l'envi les vertus de leurs bergers : Myrtil et Aminte. Chemin faisant, Amaryllis se met à tresser une couronne pour Myrtil s'il remporte le prix de danse. Mais Leucippe lui fait remarquer qu'une couronne est une bien médiocre récompense et que Myrtil sera bien plus heureux de voir la chevelure d'Amaryllis ornée de ces mêmes fleurs, puisque sa beauté en prendra un nouvel éclat.

Amaryllis suit le conseil de son amie et se pare magnifiquement de boutons d'or, de roses et de narcisses, à l'exemple de ses compagnes, rencontrées çà et là, et se rendant à la fête *champêtre,* les unes fleuries de touffes d'amarante, les autres le sein couvert de pâles et odorantes violettes, d'autres encore les bras et le cou chargés de brins de corail éclatant.

Soudain elles rencontrent le berger Tirinte, triste et solitaire. Et alors, nous assistons une fois de plus à ces conversations élégiaques amoureuses auxquelles Tasse excelle. Interrogé par Leucippe et Amaryllis sur la cause de son chagrin, Tirinte raconte en vers pleins d'élégance son long martyre. Une jeune insensible refuse ses hommages ! En termes charmants bien qu'un peu précieux, il dit la beauté de sa bergère et comment il s'est efforcé, mais en vain, de gagner son amour. A quoi Amaryllis et Leucippe lui répondent de ne pas s'abandonner au chagrin, mais d'espérer invinciblement :

« Chante, Tirinte, chante. Console-toi ! Ne cède pas à la tristesse. Cette belle saison, *ministre d'amore,* finira par amollir ce cœur. Celle qui se dit ennemie de l'amour accordera enfin à ta foi une récompense souveraine et fera taire sa rigueur. »

> *E poi ch'ella non volse*
> *Mansüeto signore*
> *Ora con suo gran donno*
> *Lo provera tiranno.*

Il faut convenir que la psychologie des bergers de Tasse est plutôt rudimentaire. Le bonheur en amour leur paraît la félicité souveraine au delà de laquelle on ne saurait rien désirer de mieux. Peut-être ont-ils raison. En tout cas, ils sont bien en cela les descendants des pasteurs de Virgile, de ces beaux Corydon, Tityre, Palémon, brûlant, eux aussi, de mille feux pour l'objet de leurs désirs. Il n'en reste pas moins qu'à la longue on finit par trouver quelque peu terre-à-terre et, j'ose le dire, monotones ces entretiens dont la banalité est heureusement rachetée par le charme d'une langue pleine de délicatesse, d'élégance et d'harmonie. Mais laissons le pauvre Tirinte exhaler dans la solitude des forêts sa triste plainte, tandis qu'Amaryllis et Leucippe vont retrouver Aminte et Myrtil. Surtout, gardons-nous de condamner cette partie de l'œuvre de Tasse. Ne tombons pas dans cette pédanterie. Souvenons-nous que les *Églogues* sont faites à souhait pour affoler l'âme et la remplir d'un trouble exquis, selon les uns, dangereux suivant les autres. A cet égard, d'ailleurs, la mère aura raison d'en interdire la lecture à sa fille. Le penchant du pauvre Torquato au plaisir est tellement irrésistible que les pensées défendues l'envahissent en dépit de lui-même. Dans les *Églogues,* comme dans la *Gerusalemme* et, comme nous le verrons tout à l'heure, dans l'*Aminta,* de tous les coins du poème où elles se tiennent cachées, surgissent les images séduisantes. Les lutins voluptueux de l'imagination de Tasse se nichent et s'embusquent partout, dans les mélodies du rythme, dans la splendeur et la tendresse des mots et des épithètes choisis, dans la cadence des phrases. Elles bourdonnent comme des abeilles, gazouillent comme des oiseaux, folâtrent comme une bande d'amours en liberté. En somme, Tasse — la chose a été remarquée souvent, mais il importe d'y revenir — est une âme arrêtée à une certaine saison de la vie, une âme en qui la jeunesse restera toujours la jeunesse, dont la croissance a été comme empêchée par la première enfance trop choyée et gâtée par la fortune. Ses dons, quelque magnifiques qu'ils soient, sont des dons d'adolescent. Le charme qui émane de ses œuvres est exactement le charme qui émane de l'adolescence et c'est même là ce qui le rend si irrésistible. C'est en particulier ce qui donne à ses *Églogues* d'abord et à l'*Aminta* ensuite quelque chose à la fois d'espiègle et d'ingénu, de pudique et de troublant, de languissant et de mobile qui est vraiment extraordinaire.

J'ai gardé pour la fin l'Églogue intitulée : *Convito di pastori,* parce qu'elle se rapproche du sujet de l'*Aminta,* ou tout au moins du drame pastoral inauguré par la pièce de Torquato.

Tirinte, dans cette idylle, demande à Damon quelle est l'origine d'un repas champêtre qui tous les ans se donne au mois d'avril. Et voici, en résumé, la réponse de Damon :

« Deux bergers vivaient jadis dans cette contrée. L'un se nommait Alcée, et l'autre Silène. Ils eurent deux fils qui disparurent fortuitement le même jour. Il naquit ensuite à Silène une fille charmante, laquelle croissant en âge et en beauté, reçut les déclarations de mille bergers. Cette fleur « *di grazia e di belta* » fut plus particulièrement aimée d'un jeune homme, Alcippe, *Alcippe il bionde*. Dès qu'il vit Amaryllis (c'était le nom de la jeune fille), son cœur fut enflammé d'amour. Or il advint qu'Amaryllis qui, jusqu'alors, était restée indifférente aux déclarations et aux hommages des jeunes gens, errait maintenant pensive et préoccupée dans la campagne. La pâleur couvrait son beau visage :

Come al piu ardente sol languida rosa.

« Un jour, les jeunes gens se rencontrèrent, s'avouèrent leur affection mutuelle et jurèrent d'être l'un à l'autre. Tout allait bien, quand Aminte, fils adoptif d'un berger nommé Ergaste, vit lui-même Amaryllis et se sentit brûler pour elle des plus doux feux. Ergaste demanda donc pour Aminte Amaryllis à son père. Mais, informée de cette demande, la jeune fille se montra entièrement rebelle « *al giogo marital* » et aux hommages de son nouveau soupirant. Le père, voyant que ni les prières ni les supplications ne parvenaient à changer la décision inébranlable d'Amaryllis, finit par imposer sa volonté. Sans retard on commença les préparatifs de la cérémonie nuptiale. Cependant la belle Amaryllis se désolait. Des larmes baignaient son visage. Tout le jour elle s'abandonnait à sa douleur. « Faut-il donc, s'écriait-elle, que, parjure à mon ser- « ment, j'oublie mon cher Alcippe ! Ah ! plutôt mourir « que de ne lui point appartenir ! » Et la pauvre jeune fille passait ainsi en lamentations,

Ch'avrian forse a pieta mosso l'inferno,

les tristes moments qui précédaient son mariage. Bientôt cependant arriva le jour des noces. Ce jour était aussi celui dans lequel Amaryllis avait résolu de se donner la mort. — Alcée assistait au grand festin que donnait Silène en l'honneur des jeunes époux. Au milieu du dîner, Ergaste s'adressant à Silène : « Voici « quatre lustres, lui dit-il, que le Ciel me combla de « bonheur en me donnant un fils adoptif.

— « Par quel hasard, Ergaste, avez-vous découvert ce « fils adoptif, cet Aminte ? répondit Silène. — Je le vis « seul, errant sur les bords du Mincio, repartit Ergaste. « L'enfant pleurait et portait au cou le portrait que « voici... » Silène, à la vue du portrait, interrompant Ergaste, se mit à embrasser Aminte qu'il reconnut pour son fils. Ergaste, revenu de sa stupeur, reprit la parole. Il raconta que tout en ramenant chez lui le petit Aminte, il trouva sur le sable du rivage un berceau, dans lequel reposait un autre enfant qui avait sur sa poitrine un signe semblable à une petite étoile. Il recueillit également cet enfant, mais comme ce dernier arrivait à l'adolescence, il s'enfuit un beau jour. « Je ne « l'avais plus revu, continua Ergaste, quand, à mon grand « étonnement, je le rencontrai, hier, tout près d'ici. Il « répondait au nom d'Alcippe. »

« Alors Alcée, qui croyait son fils à jamais perdu, fut rempli d'allégresse en apprenant qu'il vivait encore. Ergaste fit alors cette proposition : — « Puisque les « préparatifs de la cérémonie nuptiale sont terminés « et qu'Amaryllis ne peut épouser Aminte, qu'elle soit « donc la femme d'Alcippe. » Or, Alcippe manquait seul à la joie générale. Tout à coup un serviteur paraît, les traits bouleversés, en s'écriant : « Alcippe est mort « de douleur ! Je le vis, au crépuscule, sortir de cette « demeure, avec un visage pâle et défait. Il erra sans « but, un moment. Je le suivis. Bientôt il s'abattit sur « le sol en murmurant d'une voix entrecoupée de san- « glots : « Ah ! c'est bien l'instant de mourir que celui « dans lequel ma fiancée va appartenir à un autre. « Douleur, accomplis ton office cruel et doux. » A cette nouvelle, Amaryllis, le cœur transpercé, resta tout d'abord privée de sentiment. Bientôt néanmoins, revenant à elle, la jeune fille courut à l'endroit où Alcippe gisait. Là, penchée sur le corps du jeune homme, elle lui prodiguait les noms les plus doux, en le conjurant de revenir à lui. Les accents d'une voix si chère rappelèrent heureusement Alcippe à la vie. »

Ici, en vérité, je crains d'avoir abusé de la patience du lecteur en lui narrant un épisode qu'il faudrait lire dans le texte pour en goûter tout le charme et l'agreste parfum. Mais je ne croirai pas avoir perdu mon temps si j'ai donné l'envie de connaître ce petit chef-d'œuvre d'émotion naïve et de fraîche sentimentalité.

Je sais très bien, d'ailleurs, que les *Églogues* ne plaisent pas à tout le monde et que, notamment, le cher et délicat Giosue Carducci s'est montré fort sé- vère pour elles*. Quant à moi, en avouant mon faible pour les idylles de Tasse, je n'entends en aucune façon imposer ma manière de voir au public lettré. Je crois

---

* Cf. *Nuova Antologia,* Juillet et Août 1894.

cependant que leur lecture ne saurait lui déplaire, surtout s'il se laisse aller à goûter sans réserve ni *appa-
ratus criticus* le charme que dégagent leurs vers. Au
surplus tous les jugements que l'on pourrait formuler
sur les défectuosités et les imperfections des *Églogues*.
ne serviraient de rien, l'auteur les ayant pensées, vou-
lues, rêvées et burinées ainsi. Sachons donc nous con-
tenter du texte et n'essayons pas de le refaire sous
peine d'y échouer piteusement.

*
* *

Je disais tout à l'heure qu'un des principaux mé-
rites, un peu dangereux peut-être, mais si charmants
néanmoins de Tasse, était ce mélange d'espièglerie et
d'ingénuité, de pudeur et de trouble passionnel, de
langueur et de mobilité dont il émaille, çà et là, ses
œuvres. Veut-on en avoir une preuve? Qu'on lise le
Pastor Fido après l'*Aminta*. Certes, quelle que soit l'é-
tendue du mérite de Guarini, Torquato le dépasse
de beaucoup comme poète, en prenant le mot dans son
acception la plus large. Pour produire un chef-d'œuvre,
il n'a pas eu besoin de la complication romanesque d'événements sur laquelle est bâtie la pastorale de Guarini.

L'*Aminta,* d'ailleurs, n'est pas un tableau de la vie. C'est un long dialogue entre jeunes gens sur le sentiment qui leur est cher : la volupté. Caractères, langue, passions, expressions, tout cela porte le cachet de la jeunesse.

L'*Aminta* est rempli, j'allais dire imprégné d'une candeur sensuelle, d'une ignorance troublée, d'une malice naïve, caractéristiques des âmes jeunes qui ne connaissent des rêves amoureux que le charme initial et, comme l'a dit excellemment un auteur, « chez qui la passion nouvellement éveillée, est encore voisine de la pudeur de l'enfance ». Ajoutez que les personnages de l'*Aminta* présentent tous ce caractère net, cette simplicité franche qui sont non point la résultante d'une vertu de l'âme, mais bien plutôt celle d'un *habitus naturæ* chez les très jeunes gens, qui n'ont pas eu le temps encore de connaître ni d'apprendre la ruse et la duplicité.

Chez Guarini, au contraire, sa pièce est remplie de personnages fourbes, traîtres, coquets, artificieux, effrontés et vicieux. Tasse n'aurait jamais inventé les scènes comiques, mondaines, mais trop vraies, hélas ! de Corisca et du Satyre dans le *Pastor Fido*. On pardonne, d'ailleurs, et on passe bien des choses aux jeunes gens. Ainsi fait le lecteur à l'endroit de Tasse. Du reste, ses pensées les plus légitimes, toujours enveloppées de grâce, ne deviennent jamais cyniques. Il a un art merveilleux pour dire les grivoiseries, témoins certains passages du dialogue du premier acte de l'*Aminta* entre Tircis et Daphné. Il n'a pas ce ton mâlement sensuel et cette ordurière bonhomie où se

complaisent trop souvent les auteurs italiens de l'é-
poque. J'ajoute que la langue de l'*Aminta*, par sa douceur, sa mollesse, ses diminutifs, ses zézaiements, ne
peut se comparer qu'à une musique frissonnante et
légèrement perverse, sans aller, pour cela, jusqu'à
dire, comme on l'a fait, que « cette lecture compose
la plus longue pâmoison qu'il soit donné à l'imagination d'éprouver ».

*
* *

Nul poëte ne possède comme Tasse le sentiment de
l'aurore et du matin de toute chose, lever de la vie ou
du jour. Ses préférences vont à tout ce qui est jeune
dans la nature comme dans l'homme. Lisez ses descriptions de la nature. En parcourant celles çà et là
étalées tout au long de l'*Aminta*, vous trouverez
comme un avant-goût des descriptions des jardins
d'Armide dans la *Gerusalemme*. L'*Aminta* est un tableau
de la nature et de l'âme humaine à leur printemps.
Une lumière tiède, blanche et radieuse éclaire une
contrée où tout respire une mollesse sensuelle et une
fraîche ardeur. Les voix de femmes et d'adolescents
qui s'élèvent au milieu d'un aussi charmant paysage

ne sauraient parler d'autre chose que d'amour. C'est
bien une musique de l'âme que ces entretiens pas-
sionnés dont les uniques soucis tendent exclusivement
au bonheur et à la volupté. Dans tout le poème cir-
cule un vent léger, toujours présent, dont le souffle
tiède et parfumé passe avec une lenteur délicieuse
sur les belles journées de ces vies champêtres! Et que
de gracieux tableaux au cours de ces poèmes! La nature n'est pas pour Torquato un accessoire. Mais ce
qu'il préfère à tout c'est la lumière. On le sent vraiment fils du pays du soleil. Les splendeurs des nuits
éclairées d'étoiles sous lesquelles Aminte promène
sa tristesse, les transparences de l'air au lever du
jour, propices aux entretiens de Daphné et du triste
amant de Silvie, les tiédeurs des journées de printemps, l'étouffante atonie de l'atmosphère estivale,
l'instant mémorable où Aminte délivre Silvie des mains
du Satyre éhonté, voilà ce que personne n'excelle à
reproduire comme Tasse.

*
* *

L'*Aminta* comprend cinq actes qui peuvent se ré-
sumer en quelques lignes de la façon suivante :

Acte I.

Daphné, compagne de Silvie, lui dépeint l'amour dont Aminte brûle pour elle. Mais Silvie demeure insensible et prétend garder son cœur des surprises de la passion. Vouée à Diane, elle veut rester fidèle à son culte. (Scène I.)

Aminte, suivi de Tircis, son confident, se plaint et se désespère de n'être pas aimé. Il fait à Tircis une peinture imagée et charmante de l'origine de son amour. (Scène II.)

Acte II.

Un satyre a vu Silvie et la désire. Comme elle se rit de son amour, il se propose de la surprendre au bain. (Scène I.)

Surviennent Tircis et Daphné. Ils examinent ensemble par quel moyen Aminte pourrait toucher le cœur de Silvie. « Qu'il bannisse de son âme une timidité vaine, s'écrie Daphné, et que profitant de l'heure quotidienne où la jeune fille va se baigner, il se présente hardiment devant elle. » (Scène II.)

Mais Aminte, bien que sermonné par Tircis, ne se laisse point tenter. Il ne veut pas manquer ainsi à Silvie. Son affection pour elle est faite de respect et répugne à la violence. A la fin, pourtant, Aminte cède à son confident et, guidé par lui, se dirige vers le ruisseau dans les eaux duquel doit se plonger Silvie. (Scène III.)

Acte III.

Dialogue de Tircis et du Chœur. Tircis raconte qu'Aminte est arrivé sur les bords du ruisseau juste à point pour arracher Silvie des mains du Satyre qui voulait enlever la jeune fille. Celle-ci, une fois délivrée, loin de remercier son généreux sauveur, s'est enfuie sans même lui adresser la parole. (Scène I.)

Aminte arrive et se lamente sur la rigueur de Silvie. Ah! que Daphné ne l'a-t-elle laissé se tuer,

Dispietata pietate
Fu la tua veramente, o Dafne, alhora
Che ritenesti il dardo.

A ce moment la bergère Nérine accourt, éplorée. Elle apprend à Daphné et Aminte que Silvie, partie pour la chasse, vient d'être dévorée par un loup. Le doute n'est pas possible. Nérine a retrouvé les traits de l'arc de Silvie, son voile, et elle a vu de loin une troupe de loups se repaître des restes d'un corps, puis lécher le sol, rouge de sang. Aminte, désespéré, fou de douleur, veut mettre fin à son martyre en se donnant la mort.

Mi si mostra il mio fato, io cedo, io cedo... (Scène II.)

Acte IV.

A peine Aminte vient-il de s'éloigner que Silvie survient. Elle a heureusement échappé au loup qu'elle avait blessé d'un dard pendant qu'avec d'autres carnassiers de son espèce, il se gorgeait des lambeaux sanglants d'une proie. Dans sa fuite elle perdit son voile et put sortir du bois sans encombres.

Daphné apprend alors à Silvie qu'Aminte la croyant dévorée, est parti, résolu à se donner la mort. Silvie se refuse tout d'abord à croire cette nouvelle. Peu à peu, cependant, la compassion pénètre en son cœur. Bientôt, à la compassion, succède l'amour. Se reprochant enfin sa cruauté et son indifférence passées : « Que ne puis-je aujourd'hui, s'écrie-t-elle, ranimer au prix de ma tendresse, mon cher Aminte! Grands Dieux! accordez-moi de sauver sa vie aux dépens de la mienne. » (Scène I.)

Ergaste, messager, annonce qu'Aminte vient de se tuer. L'infortuné a prévenu Ergaste de son funèbre dessein. « Silvie étant morte, je n'ai plus rien à faire ici-bas. » Et en disant ces mots, il s'est jeté du haut d'un rocher dans un profond précipice. Silvie, brisée de douleur, s'adresse de sanglants reproches sans vouloir écouter aucune consolation. Et voici que, guidée par le messager, elle part à la recherche du corps de son amant. (Scène II.)

Acte V.

Le berger Elpin raconte au chœur qu'Aminte est tombé sur un monceau d'herbes qui a heureusement amorti la violence de la chute. Il était néanmoins évanoui quand Silvie arriva auprès de lui. Les gémissements et les pleurs de la jeune fille, les caresses et les baisers qu'elle prodigua longuement à son cher Aminte ranimèrent le blessé qui, du plus misérable des mortels qu'il était, en devint le plus heureux. Au surplus, la tendresse de Silvie hâtera sa guérison. Et le souvenir de ses peines et de ses chagrins passés augmentera désormais ses délices futures :

> . . . *i perigli*
> *Fanno soave, e dolce condimento...* (Scène unique.)

La pièce est précédée d'un Prologue mettant en scène l'Amour, déguisé en berger, qui s'est enfui de l'Olympe pour forcer Silvie

> *A fondre par la pitié la glace de son cœur et à dompter cette rigueur qui s'oppose toujours au bonheur de la vie.*

L'Amour a vaincu et la pièce se termine par un Épilogue : Vénus vient chercher parmi les spectateurs et les spectatrices son fils futigif, et s'exprime en des termes choisis.

. Voici un extrait du monologue de la Déesse tiré d'une traduction en vers libres de l'*Aminta* parue en 1676* :

> *Pour le mieux découvrir je ferai son portrait,*
> *Vous y remarquerez jusques au moindre trait :*
> *L'Amour ne manque pas de finesse ni d'âge ;*
> *Mais il a d'un enfant le corps et le visage ;*
> *On ne le voit jamais en paix.*
> *Où qu'il soit, cet enfant ne repose jamais ;*
> *Ses jeux sont les jeux de l'enfance ;*
> *Mais c'est une maligne et trompeuse innocence.*
> *Il faut se garder de ses jeux,*
> *S'ils plaisent ils sont dangereux.*
> *Aisément il s'irrite, aisément il s'apaise ;*

* Paris, chez Claude Barbin.

En un moment il pleure, en un moment il rit,
Et dans ces changements il n'a rien qui ne plaise,
Et qui ne surprenne l'esprit.
Il porte sur son front sa chevelure blonde,
Semblable à la Fortune, à qui l'on fait la cour,
Et qui préside dans le monde,
Mais qu'on quitte souvent en faveur de l'Amour :
Ses yeux sont pleins de feu, sa couleur est vermeille,
Ses regards sont fins et trompeurs,
D'un souris décevant il engage les cœurs.
Il n'est point de douceur à la sienne pareille;
Il a mille petits attraits;
Il ne forme en parlant que des mots imparfaits;
Son langage est mignard et sa voix est fort claire,
Il ne dit que ce qui peut plaire;
Toujours prêt à tromper, sous un abord humain,
Il cache adroitement son perfide dessein,
Et d'un appas trompeur il couvre sa malice;
De même qu'un serpent qui sous les fleurs se glisse,
Souvent il feint d'être étranger,
Et d'un air humble et doux il demande à loger.
Mais quand on lui fait cette grâce,
Il se rend maître de la place;
Il devient insolent, il lui faut tout céder;
Il se saisit des clefs, et veut seul commander :
Les hôtes qu'il y trouve, il les chasse, il les brave,
Il en remet d'autres chez lui.
La raison, qui de l'homme est le plus ferme appui,
Obéit à ses lois et devient son esclave;
Il s'érige en tyran sur ceux qu'il a domptés;
Rien n'égale sa violence.
Qui résiste à ses volontés
N'échappe point à sa vengeance.

*\
* *

Au sortir de la lecture de l'*Aminta*, Tasse m'apparaît surtout comme un peintre de l'amour. Il excelle à exprimer la douleur des amants dédaignés. Dans ces cas-là il sait être pathétique tout en restant doux comme les larmes qui tombent quand les premiers malheurs ravissent à notre âme la virginité de la souffrance. Le modèle de ce pathétique est le récit de la prétendue mort de Silvie et les plaintes de Silvie après l'annonce du trépas d'Aminte.

Avec quelle tristesse musicale les plaintes s'échappent du cœur de la jeune fille! Est-ce une amante attristée qui parle ou un personnage d'opéra qui chante parce qu'il a trouvé dans sa douleur un bon motif d'inspiration lyrique? Remarquons-le, d'ailleurs, les douleurs qu'aime Tasse, comme beaucoup de ses compatriotes, sont des douleurs brillantes, harmonieuses. Ce n'est point pour nous surprendre, étant donnée la sensualité gracieuse qui est l'unique forme que Torquato ait donnée à l'amour dans l'*Aminta*. Plus tard, avec Armide, il saura faire entendre les vrais accents de la passion. L'imagination de Tasse dans l'*Aminta* est d'une simplicité voisine de la pauvreté. L'originalité de l'invention lui fait défaut. Quand la bergère Daphné menace Silvie du purgatoire des amantes cruelles, on est

insensiblement ramené au songe d'*Anastasio degli Honesti*
dans le *Décaméron* de Boccace. L'imagination de notre
poète ne refond pas la matière qu'elle s'approprie ; ses
imitations ne sont que des transcriptions élégantes qui
permettent toujours d'en distinguer l'origine et la pro-
venance.

Ne nous lassons pas de le dire et de le redire : Le
génie de Tasse dans l'*Aminta* est fait de fraîcheur et de
gazouillement. Les fioritures lui plaisent beaucoup.
Pour y être moins nombreuses que dans les *Rime amo-
rose*, les *concetti* ne s'en trouvent pas moins émailler
en assez grand nombre les dialogues de l'*Aminta*. Or
comment se présentent les *concetti* à l'esprit d'un
poète, sinon par la vue des toilettes bariolées, des vi-
sages jolis, des yeux aux nuances changeantes, des
fleurs qui marchent, des éclairs qui passent, des scin-
tillements et des reflets qui se succèdent perpétuelle-
ment ? Les *concetti* et les mignardises de Tasse sont donc
moins les signes d'une littérature à son déclin déjà,
« d'un génie secondaire teinté de mauvais goût », que
la preuve des efforts naturels de l'auteur pour reproduire les phénomènes passagers du brillant spectacle
qui s'offrait journellement à lui, à la cour de Ferrare.
De telle sorte que, même en mettant sur le théâtre
des bergers et des bergères, Tasse ne pouvait se dé-
fendre d'assembler avec un art ingénieux et raffiné
des mots et des antithèses que Gioberti, dans ses *Studi
filologici*[*], lui a, non sans raison, vivement reprochés.

* Turin. Casazza, 1866, p. 73.

L'*Aminta* fut joué pour la première fois le 31 juillet 1573, à Ferrare, dans l'île et le palais du Belvédère, en présence d'Alphonse II et de la cour, par une troupe de comédiens connus sous le nom de *Gelosi,* et que Tasse en personne avait spécialement exercés en vue de cette représentation. L'auteur avait vingt-neuf ans.

Cette île du Belvédère était célèbre à l'époque pour les jeux qui s'y donnaient et les réunions mondaines qui s'y tenaient quotidiennement. Alphonse Ier avait fait élever dans l'île du Belvédère un palais splendide qu'un des versificateurs du moment* décrivit sous le titre pompeux de : *Caleopsis divi Alphonsi Ferrariensium ducis.* Ce fut dans ce lieu de délices, en présence des grands de Ferrare, magnifiquement vêtus, que se déroula le drame pastoral qui devait donner l'essor à un genre jusque-là inconnu. M. Angelo Solerti, dans sa *Vie de Tasse,* indique de la façon la plus précise l'époque, les circonstances et l'endroit où se passa cette

---

* Scipion Balbi del Finale.

Pour de plus amples renseignements sur le Belvédère, voir Giraldi : *De poetis nostrorum temporum* (Berlin. Weldmann, 1894), et surtout A. Faustini, *Agg. all. Hist. ferr. di G. Sardi* (Ferrare. Gironi, 1646).

représentation. Mais, hélas! qui nous dira quel incomparable spectacle de nature, d'art, d'élégance et de beauté dut offrir *l'Aminta,* dans lequel le mythe s'allie si ingénieusement à la poésie, joué, au soleil couchant ou sous les étoiles, sur les bords du fleuve limpide dont les eaux baisaient les racines des hauts peupliers bruissant le long des rives!

Tasse avait choisi pour scène de son drame un lieu situé non loin d'un chemin public, entre Ferrare et le Pô. Ce fut une aimable surprise pour les spectateurs. Pour la première fois il leur était donné d'assister à un drame se passant de leurs jours et dans leur pays, tout en traitant de sujets attiques interprétés par des personnages revêtus des traditionnels costumes de l'antiquité. Le prologue, qui rappelle ceux des tragédies d'Euripide et de deux comédies de Plaute, met en scène, nous l'avons vu, une divinité : L'Amour qui fuit Vénus et l'Olympe pour venir sur la terre exercer son art au milieu des bergers. Le sujet rappelle celui de Moschus *(l'Amour fugitif).* En ce qui touche à la puissance divine, Tasse s'est peut-être inspiré aussi du livre second de *la Chasse* d'Oppien. L'action se déroule ensuite nue et simple. Elle porte uniquement sur l'amour du timide Aminte pour la dédaigneuse Silvie. Aminte, tout en causant confidemment avec Tircis, se laisse persuader d'aller surprendre Silvie à la fontaine où il arrive à point pour la délivrer des entreprises du Satyre. Le drame commence au moment où Aminte, croyant à la fausse nouvelle de la mort de Silvie dévorée par les loups, se précipite du haut d'un rocher, puis est tenu pour mort par un témoin de ce tragique événement, d'où l'attendrissement de Silvie et sa joie de voir revenir à la vie l'amant dont les vœux sont enfin exaucés.

Tous ces événements, procédant les uns des autres, fournissent dans une certaine mesure une suite de péripéties qui aboutissent à une sorte de *reconnaissance* ou *agnition* que les aristotéliciens d'alors exigeaient d'un drame régulièrement composé et que Tasse observa avec bonheur dans sa pièce d'une nouveauté pourtant si grande.

Hâtons-nous d'ajouter que l'antithèse entre la vocation virginale de Silvie, adepte de Diane, et la passion d'Aminte, était en germe déjà dans Pan et Siringa et dans les nymphes et satyres de l'*Églé* de J.-B. Giraldi. Et c'est peut-être de cette même source que provint aussi la forme lyrique des chœurs qui, dans la conception d'art du temps, distinguant le drame nouveau de la comédie et des pièces inférieures, le haussait graduellement à la grandeur tragique. Les Satyres sont tout dans l'*Églé*; mais le satyre de l'*Aminta* descend plus particulièrement de celui du *Sacrifice* d'Augustin Beccari, de même que l'épisode de Silvie liée à l'arbre par le satyre et délivrée par Aminte, semble suggéré par la conduite de Turinius vis-à-vis de Stellinia, dans un cas semblable, au cours de la même pièce de Beccari.

Ne nous préoccupons pas de savoir si la chute d'Aminte du haut d'un rocher se rapproche de la chute d'Ariodante, dans *Roland le Furieux* (v. 57-61), ou de celle dont s'entretient le berger de la troisième idylle de Théocrite. Mais, à coup sûr, la voluptueuse scène du baiser (acte I, scène 11) a été inspirée du deuxième livre des *Amours de Clitofonte et Leucippe* d'Achille Tazio, déjà vulgarisés en partie par Lodovico Dolce, en 1546, et traduits en entier en 1550 par Francesco Angelo Coccio. C'est ainsi que les romans de la décadence grecque, révélés alors à la littérature en dehors des écoles, arrivaient au bon moment pour fournir un aliment nouveau au génie sensuel du drame pastoral, suprême forme poétique de la Renaissance à son déclin.

Poursuivons : Le fameux chœur du faux honneur rappelle une élégie de Tibulle (la 3e du livre II). Et l'épilogue du drame : Vénus venant chercher son fils au milieu des belles spectatrices et des seigneurs amoureux, en se reliant au prologue, reprend et amplifie légèrement le sujet de la première idylle de Moschus. De telle sorte que la fable des modestes amours de deux bergers se trouve enchâssée comme un épisode, entre la fuite et la poursuite des deux plus belles divinités de l'Olympe.

Il est une autre nouveauté que je ne saurais passer sous silence en parlant de l'*Aminta*. Le récitatif n'y comprend pas que des endécasyllabes, car les parties les plus passionnées du drame sont écrites en endécasyllabes mêlés de *septenaires*. Tasse imitait en ceci la versification de la *Canace* de Speroni, publiée en 1546, et il tira même de cette pièce un vers entier :

> *Pianti, sospiri, e dimandar mercede* *.

---

* Cf. *Canace*, a. IV, sc. 11; *Aminta*, a. I, sc. 11.

Mais quand Guarini* écrivait le 10 juillet 1585 à Speroni que la *Canace* était le plus beau sujet qui eût jamais été traité dans un poème italien, et que Tasse n'avait réussi l'*Aminta* que dans les parties imitées de la pièce de Speroni, il flattait vraiment outre mesure l'orgueil du professeur de Padoue et péchait contre le pauvre Torquato, par un étrange excès d'injustice.

L'*Aminta*** fut représenté plusieurs fois dans le cours du xvi⁰ siècle. Citons, entre autres, la représentation donnée à Mantoue par le duc Guillaume, en 1586, et sur laquelle, malheureusement, les détails nous manquent. L'année 1590, Ferdinand I⁰ʳ, au dire de Philippe Baldinucci***, fit jouer l'*Aminta* par le célèbre acteur Bontalenti, à Florence.

Sept ans après la première représentation, alors que le poète était déjà interné à l'hôpital Sainte-Anne, l'*Aminta* fut imprimé par Alde Manuce qui fit précéder la pièce d'une préface émue dédiée à Ferdinand Gonzague, prince de Molfetta, dans laquelle il rappelait le sort misérable du poète infortuné.

Au reste, bien avant l'impression de l'*Aminta*, l'Italie était déjà infestée d'imitations de ce drame. En 1574,

---

* Cf. *Lettres*. Venise. Ciotti, 1596. 1⁰ partie.

** Il y aurait une étude intéressante à faire sur les personnages de la cour de Ferrare mis en scène par Tasse dans l'*Aminta*. Consulter à ce propos les ingénieuses dissertations d'Angelo Carducci : *Opere Minori in versi di Torquato Tasso*, tome III, Introduction, pages 10-20, Bologne, *Zanichelli*.

*** Cf. Baldinucci, *Notizie de' profess. del disegno*.

Niccolo degli Angeli faisait paraître un *Ligurino*. Cieco d'Adria donnait, deux ans plus tard, son *Pentimento amoroso*. En 1579 paraissait la *Fillide* du Napolitain César Della Valle. En 1580, Guarini commençait son *Pastor Fido*, publié dix ans plus tard. Il est bien difficile de dire si Guarini, dans sa pièce, a imité ou non l'*Aminta*. Mais on peut soutenir à coup sûr que ce drame n'est pas inférieur à celui de Tasse, et qu'il lui est parfois supérieur, en ce qui concerne la variété, l'énergie, la vérité du sujet et des personnages. Pourtant, il y a tout lieu de supposer que jamais Guarini n'eût songé au *Pastor Fido* s'il n'avait pas vu l'*Aminta*. A propos du *Pastor Fido*, le Napolitain Manso, hôte et servant du poète, raconte ce trait intéressant* : « Une copie de la pièce de Guarini, nouvellement arrivée de Naples, fut lue à Torquato devant Pignatelli, Toraldo et moi. Comme on demandait au poète son sentiment sur la pièce, il répondit : — « Elle me plaît beau-« coup, mais j'avoue ne pas savoir pourquoi. » — « Elle vous plaît peut-être, lui dis-je, parce que vous « y reconnaissez votre travail. » Mais lui : — « On ne « peut aimer, fit-il, à voir son bien dans la main d'au-« trui! »

* G. B Manso, *Vita di Torquato Tasso*. Venise. Gamba, 1825.

*
* *

Passons, maintenant, brièvement en revue quelques-uns des jugements portés sur l'*Aminta* par les compatriotes de Tasse. En 1698, le duc de Telese, Bartolommeo Ceva Grimaldi, lut à l'Académie *degli Uniti* de Naples un discours dans lequel il ne craignait pas de critiquer point par point le sujet, les costumes et les dialogues de l'*Aminta*. En 1700 parut un livre intitulé : L'*Aminta difeso e illustrato da Giusto Fontanini**. Ce Fontanini, aussi pédant qu'orgueilleux, aborde dans ce livre toutes les questions possibles et imaginables, de telle sorte que le lecteur qui s'y aventurerait par hasard risquerait fort de se faire des idées absolument fausses sur l'histoire du drame et sur la poésie de Tasse. Cette *difesa* fut réimprimée, trente ans plus tard, avec les *observations d'un académicien florentin*, Uberto Benvoglienti**. Un Domenico Mauro di Noïa y répondit par des arguments sans importance***.

Franchissons des années et arrivons à des temps

---

* Rome. Zenobi.

** Venise. Coleti, 1730.

*** *Racc. d'opusc. scientif. e filolog,* t. XIII. Venise, Zane, 1736.

moins dénués en poésie et en critique. Serasi, l'année 1785, écrivit sur l'*Aminta* une étude très élogieuse placée en tête d'une belle édition de ce poème. Et le meilleur poète de l'époque, Monti, se plut à célébrer les vers champêtres de Torquato :

> *I bei carmi divini onde 'i sospiri*
> *In tanto grido si levàr d'Aminta,*
> *Si che parve minor della zampogna*
> *L'epica tromba, e al paragon geloso*
> *Dei sommi onori dubito Goffredo.*

Parini, critique avisé et disert de la littérature du x v° siècle, écrivait de son côté : « Autant Tasse se montre grand, héroïque et sublime dans ses grands poèmes, autant il sait se faire calme, agréable et simple dans cette pièce pastorale. — Tout en empruntant aux Grecs, et surtout à Moschus, Anacréon, Théocrite, des sujets, des traits de caractère et d'imagination qui paraissent très naturels au premier abord, mais qui n'en présentent pas moins, en dernière analyse, un art achevé, le poète a su néanmoins, dans l'*Aminta,* faire œuvre personnelle et créer des personnages qui vivent d'une existence absolument propre. » [*]

Plus tard, Gioberti, dans ses *Études philologiques* [**], s'exprime en des termes dont voici la substance :

« Au point de vue du style, l'*Aminta* est certainement un chef-d'œuvre. En tant que pièce dramatique, il présente une élégance et une beauté tout attiques...

---

[*] Cf. *Principii delle belle lettere,* Opere V I. Milan, 1804.
[**] Turin. Casazza, 1866.

Néanmoins, l'*Aminta* a beaucoup de défauts. Les événements, les incidents les plus pathétiques sont gâtés dans la pièce par cet abus de l'esprit avec lequel Tasse ruine souvent les rares qualités de ses œuvres et ne craint pas d'unir à la majesté épopéenne le genre pastoral. Examinons, par exemple, la scène 11e de l'acte III, dans laquelle Aminte écoute le récit que lui fait Nérine des circonstances qui l'induisent à croire fermement que Silvie est morte :

> *O velo! O sangue!*
> *O Silvia! tu se' morta!*

« Exclamation vraiment tragique au double point de vue du sentiment et de la forme d'élocution. Par malheur, Torquato détruit tout l'effet de ce mouvement tragique en mettant dans la bouche d'Aminta une apostrophe à la douleur si ridicule et si subtile, qu'un homme, ayant tout son sang-froid, aurait de la peine à en imaginer et à en prononcer une semblable. »

Alfieri*, lui, place l'*Aminta* bien au-dessous de la *Gerusalemme*.

« Il est vrai, a-t-il soin d'ajouter, que les deux poèmes appartiennent à des genres bien différents. » A son sens, toutefois, le sujet de l'*Aminta* ne saurait se prêter à la représentation.

« Ce poème, dit-il, est rempli de très belles pensées,

---

* Cf. *Manuscrits d'Alfieri,* vol. II. Florence, Bibliothèque Laurentienne.

noblement exprimées, mais l'action y languit la plupart du temps. L'intrigue ne me satisfait pas entièrement; toute la pièce se passe en narrations invraisemblables. Je crois pouvoir comparer ce genre de spectacle pastoral à la tragédie vulgairement dénommée : *urbaine*, laquelle n'est ni comédie ni tragédie, mais participe également des deux. Et c'est pourquoi la pastorale associée à la tragédie et au drame occupe une place indéfinissable qui à la scène doit paraître ridicule. »

« Dans l'*Aminta*, continue Alfieri, on chercherait vainement une intrigue. Le personnage du Satyre est contraire aux usages et inutile à l'action; celui de l'impudente Daphné sert à peu de chose; Elpin n'est introduit dans la pièce que pour raconter la fin du drame, ce dont Tircis se serait acquitté aussi bien. En un mot, l'*Aminta,* comme pièce de théâtre, me paraît très faible, mais comme poème, je le juge un recueil de belles élégies. »

Et je ne puis m'empêcher de rapprocher cette appréciation sévère d'Alfieri, de l'enthousiaste épître dédicatoire à Mlle de La Vergne, futur auteur de *la Princesse de Clèves,* dont Ménage fit précéder l'édition de l'*Aminta* qu'il publia à Paris en 1663, avec des notes italiennes, tout au long desquelles la pièce de Tasse était traitée de chef-d'œuvre : « Fra le opere del Tasso, il suo *Aminta* nel che manifestamente appare il purgato giudicio di lei. »

Époque charmante que celle où les poètes italiens servaient de sujet de conversation aux lettrés français!

*
* *

Je disais, au début de cette étude, que le génie italien a commencé de se métamorphoser et de passer de la poésie à la musique, à l'époque comprise entre la représentation de l'*Aminta* et la publication de la *Gerusalemme*. La musique, en effet, aida puissamment à la popularité du nouveau drame. De 1594 à 1617 elle s'empara des plus beaux passages de la pastorale de Tasse : les lamentations du berger amoureux (acte I, sc. 11), la complainte de Daphné et celle de Silvie sur Aminte tenu pour mort (acte IV, sc. 1 et 11), le récit du retour d'Aminte à la vie (acte V), le chœur du premier acte et le monologue du Satyre au deuxième acte. Finalement, un frère sicilien, Erasmo Marotta, mort à Palerme en 1641, mit toute la pièce en musique.

Avec la musique, la pastorale acheva de triompher. Ce fut en vain que les critiques s'insurgèrent, comme P. Patrizi, contre l'*Aminta*, et Giasone Morès contre le *Pastor Fido ;* ce fut en vain qu'ils s'armèrent pour condamner le nouveau genre poétique d'arguments anciens ou modernes. Le Père Papin lui-même partit inutilement en guerre et rompit sans succès des lances en faveur de la tragédie française néo-classique, tandis que le poète Jean-Vincent Gravina soutenait, de son côté, l'antique tragédie grecque. Il était trop tard pour réclamer, bien qu'à vrai dire ces écrivains n'eussent. pas complètement tort, la pastorale étant au fond un genre que l'imagination fait tomber facilement dans le faux. Mais sortie à la fois du cerveau et du cœur d'un grand poète, ce genre de poésie séduisit le peuple à un point que Savio*, apologiste du *Pastor Fido,* constatait en ces termes, à la fin de 1601 :

« Grâce à Torquato Tasso, l'Églogue devint pastorale pour la plus grande gloire du poète et la plus grande satisfaction du public, à ce point qu'aujourd'hui on ne lit plus ou on ne compose plus que des pastorales. »

Et Tassoni, résumant le débat, affirmait que « dans la tragédie proprement dite, les auteurs italiens ne produisirent jamais que des pièces ordinaires. Dans les pastorales, au contraire, où doivent se manifester une grande douceur et une grande *languidezza* de style, les poètes de la péninsule déployèrent un talent que ne dépassèrent point les plus remarquables compositeurs de l'antiquité** ».

Enfin, au cours de sa préface placée en tête des *Drammi de' boschi e delle marine***, Eug. Camerini écrivait ceci : « Cette partie de notre littérature (la pastorale) fut peut-être la plus répandue en Europe. Elle

---

* *Apologia in difesa del Pastor Fido.* (Opere di B. Guarini, IV. Verone, 1738.)

** *De' pensieri diversi libri dieci*, X, 14. Venise, 1636.

*** Milan, Sonzogno, 1874, Page 20.

ne céda que devant la nouvelle et brillante popularité
de la musique à laquelle convenaient à merveille les
chœurs chantés, le luxe des décors et la douce « mor-
bidezza » des vers. »

La poésie pastorale fut peu à peu remplacée par le
mélodrame mythologique et historique. Le jour où ce
dernier fleurit avec Apostolo Zeno, le drame pastoral
créé par Tasse avait définitivement vécu.

Je voudrais avoir plaidé avec quelque succès en faveur du chantre accompli des douceurs idylliques. On
a trop l'habitude de n'envisager chez Tasse que le
poète épique et l'auteur de la *Gerusalemme*. Combien
y a-t-il aujourd'hui de lecteurs de l'*Aminta* ? Et, dans
ce petit nombre, combien en est-il qui le goûtent réel-
lement et l'apprécient à sa vraie valeur ? Cela me paraît souverainement injuste. Sans doute, l'inspiration
de cette œuvre n'est pas la grande inspiration, mais
c'est une inspiration encore très belle, et en parcourant l'histoire littéraire, je ne découvre pas une époque
si brillante et si fertile qu'elle soit, qu'un talent de cet
ordre ne pût encore embellir et honorer. A mon sens,
jamais mieux que dans l'*Aminta*, le grand auteur italien
n'a mérité sa qualification de « poète des beaux frémis-
sements ».

Achevé d'imprimer

le dix-sept juin mil huit cent quatre-vingt-dix-sept

PAR

ALPHONSE LEMERRE

RUE DES BERGERS, 6

A PARIS

O. — 2902.

www.ingramcontent.com/pod-product-compliance
Ingram Content Group UK Ltd.
Pitfield, Milton Keynes, MK11 3LW, UK
UKHW021141140726
13695UKWH00005B/1919